어린이와 청소년들을 위한 **건강동화**

모래성

글 / **하송**   그림 / **김승연**

작가의 말

초등학교에서 어린이들과 함께 생활하고 있습니다. 순진무구한 모습을 보며 웃음을 짓고, 소외되고 상처받는 어린이를 볼 때는 마음이 아팠습니다.

'모래성'에서는 다른 사람을 배려하는 마음보다는 자기의 욕심만을 채우려는 현대인의 이기심과 성폭력 문제를 다루었습니다. 더불어 요즘 학교에서 의무적으로 가르치고 있는, 응급처치법인 '심폐소생술' 방법이 들어있습니다. '늙은 호박'은 보상을 바라지 않는 희생정신을 보여주는 늙은 호박을 통하여 각박해지는 현실에 따뜻함을 보여주고 있습니다. '다문화가족 비빔밥 축제'는 다른 나라에서 왔다는 이유만으로 차별이나 배척 대신에, 좀 더 따뜻하게 끌어안고 세계인이 화합하기를 바라며 지은 글입니다. '사과친구'에서는 어른은 물론이고 어린이에게도 발생하는 '생활습관병' 예방을 위하여 건강생활의 중요성을 강조했습니다. '은별이'는 소외된 아이와 결손 가정 및 다문화 가정의 아픔을 나타냈습니다. '소녀의 기도'는 장애를 딛고 일어선 소녀와 헌신적인 신부님의 이야기입니다.

어린이들과 함께 생활해오며, 어린이들에게 도움이 되는 동화를 쓰기 위해 고심을 했습니다. 특히 이 동화책은 문화예술진흥기금을 지원 받아 발간하게 되어 더욱 의의가 있습니다.

우리 어린이들이 동화책을 읽으며 자신을 돌아보는 기회가 되고, 상처가 있는 친구에게는 따뜻한 손길이 되기를 바랍니다.

차례

제1편

모 래 성

모래성

하늘에 먹구름이 가득합니다. 미르가 바닷가에서 파도를 바라보고 있습니다. 파도가 거칠게 밀려옵니다. 옆에 앉아 있는 강아지 '쫑'도 걱정스럽다는 듯이 끙끙댑니다.

"파도가 잔잔해져야 고기를 잡을 수 있는데, 휴….."

미르가 한숨을 쉽니다. 미르는 물고기를 잡아서 살아가는 어부 청년입니다. 부모님은 일찍 돌아가셨습니다. 식구라고는 강아지 '쫑'뿐입니다.

요즘 며칠 동안 폭풍우가 몰아쳐 고기를 잡으러 가지 못했습니다. 오늘은 파도가 잠잠해질까 하

고 바닷가에 나왔습니다. 파도가 조용해지기를
빌었지만, 거센 바람은 여전히 바다를 삼킬 듯합
니다.

그 때였습니다. 뭔가 파도에 떠밀려 오고 있었
습니다.

'저게 뭐지?'

미르의 눈이 휘둥그레졌습니다. 이상한 물체가
미르 가까이 왔습니다. 미르는 깜짝 놀랐습니다.
나뭇가지에 사람이 얹혀 있었습니다. 얼른 나뭇
가지를 잡아당겼습니다. 사람은 뜻밖에도 아가
씨였습니다. 미르는 아가씨를 바닷가에 눕혔습
니다.

"여보세요. 정신 차리세요. 여보세요!"

아가씨는 죽은 듯이 꼼짝하지 않았습니다. 살펴
보니 심장도 뛰지 않고 숨도 쉬지 않습니다. 미르
는 아가씨의 허리를 꽉 조이고 있는 벨트를 풀고
'응급처치'를 시작했습니다.

먼저 입안에 있는 이물질을 빼냈습니다. 그리고

두 손을 깍지 끼고 가슴 중앙에 '가슴압박'을 서른 번 실시했습니다. 그리고 턱을 들어 기도를 연 뒤에, 코를 잡고 입에 바람을 두 번 불어넣는 '인공호흡' 두 번을 실시했습니다.

평소에 알고 있던 '심폐소생술'을 실시한 것입니다. 미르의 이마에서 땀이 비 오듯 쏟아졌습니다. 그래도 쉬지를 않고 계속하자, 아가씨가 신음소리를 내며 움직였습니다.

"아가씨, 정신 드세요?"

아가씨가 실눈을 떴습니다.

"누구세요?"

"정말 다행이에요. 저는 미르라고 하는 어부입니다."

아가씨를 안심시킨 후에, 두 팔로 불끈 안고 집으로 향했습니다.

미르가 살고 있는 집은, 폭풍우에 날아갈 듯이 흔들리고 있었습니다. 미르는 아가씨를 조심스럽게 침대에 눕히고 방을 따뜻하게 했습니다.

"잠시만 기다리세요. 먹을 것을 준비해올게요."

미르가 미음을 쑤어 왔습니다.

"좀 드세요. 배가 고플 테니까요."

아가씨가 숟가락을 들면서 말했습니다.

"고맙습니다. 목숨을 구해주셔서요. 이 은혜를 어떻게 갚아야 할지요."

아가씨는 예뻤습니다. 이렇게 아름다운 아가씨를 보는 것은 처음이었습니다. 큰 눈과 오뚝한 코, 흰 피부는 눈이 부셨습니다. 미르가 더듬더듬 말했습니다.

"은혜를 갚다니요? 그런데 어디 사는 누구신 지요?"

"…"

"말하기가 어려운지요?"

"네, 좀 …."

아가씨가 말끝을 흐렸습니다.

"미안합니다."

"…"

미르는 궁금했지만, 더 이상은 묻지 않았습니다.

미르가 바다에 나가서 일을 하고 왔습니다. 아가씨가 반갑게 맞이했습니다. 미르는 그물을 우물가에 놓고 밥상을 차리기 위해서 부엌으로 갔습니다. 부엌에는 이미 밥상이 차려져 있었습니다.
"아가씨가 밥을?"
"…"
"아직 몸이 낫질 않았는데 쉬어야지요."
"아녜요, 괜찮아요."
아가씨가 웃으며 대답했습니다. 미르는 키가 작고 얼굴도 못 생겼습니다. 재산이라고는 뒷산에서 나무를 잘라서 만든 작은 배가 전부였습니다.

며칠이 지났습니다. 아가씨가 바닷가로 마중을 나왔습니다. 옆에는 강아지 '쫑'이 꼬리를 흔들고 있었습니다.
"웬일이에요? 건강도 안 좋은데…."

아가씨가 웃으며 대답을 했습니다.

"이제 다 나았어요. 어디든지 갈 수 있겠는걸요."

순간, 미르는 가슴이 철렁했습니다.

'어디든 갈 수 있다고? 그럼 이제 떠난다는 말인가?'

미르는 집으로 돌아오는 내내 마음이 무거웠습니다.

미르의 얼굴에 웃음이 사라졌습니다. 밥이 넘어가질 않고, 잠도 오질 않았습니다. 시름시름 앓기 시작하더니, 급기야 자리에 누웠습니다. 아가씨가 미르에게 물었습니다.

"무슨 일 있으세요? 아니면 어디가 아프세요?"

미르는 아무 말도 하지를 않고, 신음소리만 냈습니다. 아가씨는 걱정이 이만저만이 아니었습니다.

병석에 누워있는 미르의 생각은 꼬리에 꼬리를 물었습니다.

'아가씨가 누구지? 어디에서 왔을까?'정말 궁금했습니다. 거기에다 머지않아 아가씨가 떠날 것이라고 생각하자 견디기 힘들어졌습니다.

'여기에서 나랑 함께 살자고 할까?'고개를 흔들었습니다. 그리고 또 생각을 했습니다.

'말도 안 돼. 못생기고 가난한 나와는 절대로 결혼해 주지 않을 거야. 자기 집으로 돌아가서 멋진 남자와 결혼하겠지.' 미르는 몸을 뒤척였습니다. 아무리 생각을 해 봐도 뾰족한 방법이 생각나지 않았습니다. 병만 더욱 깊어질 뿐이었습니다.

미르가 아파서 꼼짝을 못하자, 아가씨가 조개를 잡으러 바다에 나갔습니다. 혼자 남은 미르의 방문이 갑자기 스르르 열렸습니다.

빨간 모자를 쓰고 검은 망토를 두른 남자가 들어왔습니다. 손에 든 지팡이에는 여러 개의 방울이 딸랑딸랑~ 딸랑거렸습니다.

"누, 누구세요?"

18

미르가 떨리는 목소리로 물었습니다.

"나는 숲속에 사는 마법사다."

망토를 두른 남자가가 말했습니다.

"미르야, 내가 소원을 들어줄까?"

"소원이요?"

"그래!"

미르는 소원이라는 말에 깜짝 놀랐습니다. 지금까지 누구에게도 소원을 말한 적이 없기 때문입니다.

"제 소원을 아세요?"

"알지. 아가씨하고 결혼해서 행복하게 사는 것 아닌가?"

"그걸 어떻게…."

"내가 시키는 대로만 하면 소원이 이루어지지. 흐흐흐! 대신에 기회는 딱 한 번뿐이다."

"소원만 이룰 수 있다면, 무엇이든지 하겠습니다."

마법사가 미르의 귀에 대고 소원이 이루어지는

방법을 속삭였습니다. 그리고 지팡이를 방바닥에
꽝 내리쳤습니다. 순간 방안에 장미꽃이 피어났
습니다. 미르가 정신을 잃었습니다. 마법사는 온
데간데없고 방안에는 향기가 가득했습니다. 꿈이
었습니다.

봄이 왔습니다. 진달래, 개나리, 목련이 흐드
러지게 피기 시작했습니다. 바다에는 갈매기들이
날아다녔습니다. 미르 집 처마 밑에는 제비가 새
끼를 낳았습니다. 미르의 건강이 눈에 띄게 좋아
졌습니다.

미르가 모래사장에 앉아서 바다를 바라보고 있
었습니다. 깊은 생각에 빠져있던 미르는 아가씨
가 다가오는지도 몰랐습니다. 아가씨가 옆에 앉
더니 물었습니다.

"제가 누구인지 그 동안 많이 궁금했지요?"

"..."

멀리서 고깃배 하나가 지나갔습니다.

"이제 말씀드릴게요. 공주예요."

미르는 자신의 귀를 의심했습니다.

"네에? 공, 공, 공주님이라고요?"

미르는 말을 더듬거렸습니다.

"임금님인 아버지를 대신해서 이웃나라에 다녀오는 길이었어요. 폭풍우를 만나서 그만 배가 뒤집혔지요. 다행히 나뭇가지를 붙잡고 파도에 밀려 이곳까지 오게 되었어요. 지금쯤 부모님께서 걱정을 많이 하고 계실 거예요. 자식이라고는 저 하나 뿐이거든요."

말을 마친 공주님은 먼 바다를 바라봤습니다. 눈가에 이슬이 맺히더니 눈물방울이 또르르 흘렀습니다.

'공주님이라니!' 갑자기 무거운 쇳덩어리가 미르의 가슴을 누르는 것 같았습니다.

요즘 미르의 걱정이 태산 같습니다.

'이제 공주님은 궁궐로 돌아갈 텐데, 그럼 나는

어떡하지.'

생각할수록 가슴이 답답했습니다. 꿈에서 만난 마법사의 말이 떠올랐습니다.

'그래, 방법은 그것뿐이야.'

미르는 어금니를 깨물었습니다. 내일이면 공주님이 떠나기로 한 날입니다.

"공주님, 떠나가시기 전에 바닷가 한번 걸어볼까요?"

"그래요!"

미르는 공주님하고 바닷가에 도착했습니다. 바닷가에는 궁궐보다 더 큰 성이 있었습니다. 성벽은 수많은 넝쿨장미로 덮여 있었습니다. 분홍, 빨강, 노랑색으로 어우러져 그림 같았습니다. 성안에서는 감미로운 음악소리가 들렸습니다.

"어머, 이것이 무슨 성이에요?"

"마음에 드시는지요?"

"네, 정말 멋져요! "

"사실은 공주님을 위해서 만들었어요."

"네에? 저를 위해서요?"

"물론이지요!"

공주님과 미르는 성 안으로 들어갔습니다.

"어머, 정말 아름다워요!"

성안으로 들어간 공주님은 감탄을 했습니다. 셀 수 없이 많은 방을 구경하고 마지막 방에 도착했을 때였습니다. 방안에서 장미꽃 향기가 새어 나왔습니다. 공주님이 향기에 빨려 방으로 들어갔습니다.

방안은 온통 장미꽃으로 장식이 되어 있었습니다. 벽은 노란 장미꽃으로 되어 있습니다. 거울은 분홍 장미꽃으로 치장했습니다. 침대는 빨강 장미꽃으로 덮여 있습니다. 방안에는 음악이 감미롭게 흐르고 있었습니다.

미르는 장미 빛으로 물들어 있는 공주의 얼굴을 찬찬히 바라보았습니다. 그리고 말을 꺼냈습니다.

"공주님! 저하고 결혼해주세요. 이곳에서 행복하게 살고 싶습니다."

26

청혼을 받은 공주님이 미르의 얼굴을 바라보며, 조용히 말했습니다.

"죄송해요. 저는 아버지의 대를 이어받아야 해요. 그래서 제 마음대로 결혼 할 수가 없어요. 부모님의 허락을 받고 백성들의 축하를 받아야 결혼을 할 수가 있어요."

미르의 눈에서 눈물이 주르르 흘러 내렸습니다. 공주님이 두 손으로 미르의 눈물을 닦아줬습니다.

그 때였습니다. 창문으로 한 줄기 바람이 불어왔습니다. 장미꽃 향이 강하게 퍼졌습니다. 그러자 공주님이 바닥에 눕더니 스르르 잠이 들었습니다.

미르는 공주님을 안아서 침대에 눕혔습니다. 공주님은 깊은 잠에 빠졌습니다. 쌔근쌔근 잠을 자는 모습은 천사보다 더 아름다웠습니다.

"이제 공주님을 다시 볼 수가 없다니, 흑흑…."

눈물이 미르의 볼을 타고 하염없이 흘러내렸습니다.

미르가 갑자기 일어났습니다. 그리고 공주님 곁으로 다가갔습니다.

"공주님! 정말 미안해요. 이 방법밖에 없어요."

미르는 마법사의 말을 떠 올렸습니다. 기회는 한 번 뿐이라는 말이 머릿속에 가득했습니다.

'그래 기회는 지금이야.'

미르는 잠든 공주님의 얼굴을 뚫어지게 바라보았습니다. 손이 떨렸습니다. 미르는 두 주먹을 불끈 쥐었습니다. 그리고는 공주님의 얼굴에 입술을 가까이 가져갔습니다. 잠든 공주님의 눈에 뽀뽀를 했습니다. 두 번째, 볼에 뽀뽀를 했습니다. 마지막으로 입술에 뽀뽀를 했습니다.

얼마가 지났을까, 공주님이 잠에서 깨어났습니다. 그리고 갑자기 허공에 두 손을 저었습니다.

"미르님, 어디 계세요? 앞이 안보여요."

"…"

공주님이 미르를 찾았습니다. 그러나 옆에 있는

미르는 아무 말도 하지 못했습니다.

"내가 왜 이러지? 갑자기 앞이 안보여요."

"…"

"미르님!"

공주님이 울부짖었습니다. 미르가 무릎을 꿇고 공주님의 손을 잡았습니다.

"공주님, 용서해주세요. 제가 공주님하고 사는 길은 이 방법 밖에 없었어요."

눈이 보이지 않게 된 공주님은 슬픈 나날을 보냈습니다.

미르는 공주님을 위해 열심히 물고기를 잡았습니다. 요리를 하고 밥을 지어 공주님께 바쳤습니다. 시간이 지나면서 공주님은 미르의 정성에 감동을 받기 시작했습니다. 그리고 눈이 보이지 않아서 궁궐에 돌아갈 생각도 포기했습니다.

드디어 공주님이 결심을 했습니다. 미르와 결혼을 했습니다. 어느 날이었습니다.

"미르님, 임신을 한 것 같아요"

"아이를 가졌다고요? 그럼 이제 제가 아빠가 되는 거예요?"

공주님이 임신을 했다는 말에 미르는 뛸 듯이 기뻤습니다. 열 달이 지나자 공주님은 건강한 아들을 낳았습니다.

'나한테 이런 행운이 오다니. 나만큼 행복한 사람은 이 세상에 없을 거야.'

미르는 행복했습니다. 하지만 한편으로는 공주님 눈을 못 보게 만든 죄책감으로 마음이 아팠습니다. 그렇다고 사실대로 이야기 할 수는 없었습니다.

공주님이 부모님을 그리워하며, 우는 모습을 볼 때 마다 생각했습니다.

'공주님도 차차 부모님을 잊을 거야. 그리고 머지않아서 나처럼 행복해질 거야.'

미르는 자신의 행복을 깨뜨릴 수는 없다고 생각하며 고개를 저었습니다.

아들이 무럭무럭 자라서 여섯 살이 되었습니다.

"아빠, 바다에 데려가주세요. 고기를 잡고 싶어
요."

"너는 아직 어려서 위험해. 좀 더 크면 데리고
갈게."

어느 날이었습니다. 아들이 바다에 따라가겠다
고 졸랐습니다. 아들이 자라서 바다를 따라가겠
다고 하니 기특했습니다. 하지만 위험해서 데려
갈 수가 없었습니다. 그런데 바닥에 뒹굴며 떼를
쓰자, 하는 수없이 아들의 손을 잡고 배에 올랐습
니다.

파도는 잔잔하고 하늘에 뜬 태양은 눈부셨습니
다. 미르는 콧노래를 부르며 그물을 던졌습니다.
그물을 건져 올릴 때마다 많은 고기가 잡혔습니
다. 그물을 올리느라 힘을 주자, 갑자기 배가 기
우뚱하더니 아들이 바다로 풍덩 빠졌습니다.

미르가 아들을 잡으려고 팔을 뻗었지만 때는 이
미 늦었습니다. 그때였습니다. 어디에서 나타났

는지 큰 상어가 아들을 한 입에 꿀꺽 삼키더니 바닷속으로 쏜살같이 사라졌습니다.

"아들아~ 아들아~!"

미르의 울부짖는 소리가, 넓은 바다에 끝없이 울려 퍼졌습니다.

미르는 아들을 삼킨 상어를 찾으러, 날마다 바다로 나갔습니다. 끝없는 바다는 아무 일 없었다는 듯이 푸르기만 합니다. 허탕을 친 미르가 힘없이 집으로 돌아왔습니다. 밤이 되자 폭풍우가 내리치기 시작했습니다. 다음 날 아침이 되어도 비는 그칠 줄을 몰랐습니다. 배를 타고 바다에 나갈 수가 없었습니다. 상어를 잡으러 못나가니, 가슴이 미어질 것 같았습니다.

미르는 백사장에서 바다를 바라보며 엉엉 울었습니다. 옆에 선 공주님도 하염없이 눈물을 흘렸습니다. 천둥번개가 '으르렁 쿵쾅' 바다 한 가운데를 내리쳤습니다.

그때였습니다. 큰 물체 하나가 미르와 공주님이 있는 곳으로 둥둥 떠내려 왔습니다. 미르가 갑자기 소리 쳤습니다.

"공주님, 우리 아들을 삼킨 상어에요. 상어!"

미르가 죽은 상어를 백사장으로 끌어냈습니다. 상어의 배가 뒷산보다 더 컸습니다. 미르가 차고 있던 칼을 들자, 상어의 뱃속에서 뭔가 꿈틀거렸습니다. 미르가 떨리는 손으로 상어의 배를 가르기 시작했습니다. 그러자 뱃속에서 아들이 뛰어나왔습니다.

"엄마, 아빠~!"

아들을 보는 순간, 미르와 공주님은 까무러칠 뻔했습니다. 그리고 합창이라도 하듯이 소리쳤습니다.

"아이고, 내 아들아!"

미르와 공주님은 아들을 끌어안고, 기쁨의 눈물을 펑펑 쏟았습니다.

미르가 공주님에게 무릎을 꿇고 말했습니다.

"공주님! 제가 공주님에게 나쁜 짓을 했습니다. 제 이기심으로 큰 죄를 지었습니다. 아들을 잃고 보니 자식을 잃은 부모의 마음이 이해가 되었습니다. 이제라도 부모님께 돌아가세요."

미르는 공주님에게 그동안의 일을 하나도 빠짐없이 고백했습니다. 그리고 진심으로 반성의 눈물을 흘리며 공주님 눈에 뽀뽀를 했습니다. 그러자 놀라운 일이 벌어졌습니다. 공주님이 두 눈을 번쩍 뜨고 외쳤습니다.

"미르님, 보여요, 다 보여요!"

미르는 공주님을 꼭 끌어안고 가슴 깊이 지난날을 반성했습니다.

공주님과 아들이 궁궐로 떠났습니다. 공주님과 아들을 배웅하고 미르가 터덜터덜 성으로 돌아왔습니다. 뒤에는 '쫑'이 힘없이 따라오고 있었습니다.

그런데 이상한 일이 벌어졌습니다. 갑자기 모래성이 온데간데없이 사라진 것입니다. 성이 사라

진 자리에는 미르가 살던 옛 오두막집만 덩그러니 남아있었습니다. 그 때 마법사가 나타났습니다.

"놀랐지? 왜 내가 시키는 대로 안했어. 내 말만 잘 들었어도 행복하게 잘 살았을 텐데."

미르가 물었습니다.

"어떻게 된 일이지요?"

"공주는 지금 임금님의 뒤를 이을 후계자야. 그래서 임금 자리를 탐내는 사람이 나를 보낸거지. 성을 모래로 만들고 장미꽃으로 장식을 해서 공주를 유인했지. 그리고 장미향으로 공주를 잠들게 만들었어. 네가 강제로 뽀뽀를 하는 순간, 공주한테 마법이 걸려 앞을 못 보게 된 거지. 너를 도와준다고 한 것은 모두 거짓말이었어. 사실은 공주가 궁궐에 못 가게 하려고 했던 것이었어."

마법사가 자초지종을 설명해줬습니다. 미르는 또 궁금해서 물었습니다.

"그런데 어떻게 원래대로 돌아온 거죠?

"너 때문이야. 네가 참회의 눈물을 흘리면서 공주 눈에 뽀뽀를 한 순간에 마법이 풀린 거야. 그래서 공주 눈이 보이게 되고 모래성이 사라진 거지. 네가 나쁜 마음으로 뽀뽀 했을 때 걸렸던 마법이, 착한 마음으로 뽀뽀하니까 풀린 거야. 이제 알았나?"

이야기를 마치자 마자 마법사는 연기처럼 사라졌습니다.

요즘 미르는 고기를 잡으러 바다에 나가지를 않습니다. 바닷가에서 공주님과 아들을 그리워하며 눈물로 지내고 있습니다. 갈매기 가족이 끼룩끼룩 노래를 부르며 가족 나들이를 갑니다. 미르는 그런 모습을 바라보다가 백사장에 쓰러져서 잠이 들곤 했습니다.

어느 날이었습니다. '쫑'이 요란하게 짖으며 미르를 깨웠습니다. 무거운 눈을 떴을 때였습니다.

눈앞에는 휘황찬란한 황금마차가 있었습니다. 금과 은, 다이아몬드로 장식한 황금마차는 눈이 부셨습니다. 그 마차에서 공주님과 아들 그리고 임금님 부부가 내렸습니다.

임금님이 미르에게 말했습니다.

"부마, 어서 일어나게. 우리 공주의 목숨을 구해줘서 정말 고맙네. 부마를 궁궐로 데려가려고 왔네. 어서 떠날 준비를 하게."

임금님이 미르를 일으켜 세우자, 아들이 달려와 미르의 품에 안겼습니다.

"아빠!"

"아들아!"

미르가 아들을 품에 앉는 순간, 공주님이 미르의 손을 잡으며 말했습니다.

"미르님, 보고 싶었어요."

세 식구는 기쁨의 눈물을 흘렸습니다.

옆에서 바라보는 임금님과 왕비님도 함께 눈물

을 흘렸습니다. '쫑'도 꼬리를 흔들며 기뻐하고, 백사장의 모래알이 금빛으로 반짝였습니다. 파도가 철썩철썩 노래를 부르고, 갈매기 가족은 하늘에서 박수를 쳤습니다.

제 2편

늙은 호박

늙은 호박

밤이 되자 기온이 뚝 떨어졌습니다. 밭두렁 밑에 사는 늙은 호박은 걱정이 이만저만이 아닙니다. 이제 날씨가 추워질 것이기 때문입니다. 한자리에 오랫동안 주저앉아 있어서 엉덩이가 물러 터질 것 같습니다. 그러나 늙은 호박은 맘대로 몸을 움직일 수가 없습니다. 한 숨을 쉬었습니다.

그때였습니다.
"호박님!"
누군가 부르는 소리가 났습니다. 하늘나라에 사는 별아기였습니다.
"별아기님이 어떻게 여기까지?"

"한숨 소리가 하늘나라까지 들려 걱정이 되어 내려 왔습니다."

"별아기님, 생각해 보세요. 나는 곧 몸이 썩고 죽을 거예요."

"호박님, 좋은 생각을 하세요. 그럼 저같이 얼굴이 반짝반짝 빛이 나면서 좋은 일이 생길 거예요."

걱정을 많이 하면 얼굴빛도 누렇게 된다는 말을 듣고 늙은 호박은 자기의 얼굴을 쓰다듬어 보았습니다. 얼굴이 까칠 까칠한 것을 보니 정말 별아기의 말이 옳은 것 같았습니다.

다음날 아침이 되었습니다. 풀 위에 맺힌 이슬이 유리구슬처럼 빛납니다. 새들이 날아와 노래를 부릅니다. 옆에 있던 국화꽃 향기가 코끝을 간질입니다. 늙은 호박은 왠지 기분이 좋았습니다. 이때였습니다. 주인 할아버지가 다가왔습니다.

"호박이 있었군! 굉장히 크네. 이 밭두렁을 수

없이 오갔는데 왜 못 봤지?"

할아버지는 풀숲을 헤치더니 늙은 호박의 꼭지를 사정없이 비틀었습니다. 호박은 비명을 질렀습니다. 할아버지는 귀가 어두운지 들은 체도 하지 않았습니다. 그리고 늙은 호박을 불끈 들어 지게에 실었습니다.

할아버지가 대문에 들어서자 마당에서 깨를 떨던 할머니가 놀란 표정으로 물었습니다.

"영감, 그렇게 큰 호박을 어디서 났어요?"

"응, 고개 너머 밭두렁에서 땄지."

할머니가 신기한 듯이 호박을 만졌습니다.

"건너 방에 갔다 놔 주세요. 호박에 바람이 들면 안 되니까요"

할아버지는 지게 위의 호박을 건너 방 윗목에 조심스럽게 옮겨 놨습니다. 그리고는

"고놈 잘 생겼다!"

한마디 하더니 방문을 닫고 나갔습니다.

요즘 늙은 호박은 살맛이 났습니다. 춥지도 덥지도 않은 방에서 편히 쉴 수 있기 때문입니다. 할아버지의 집에 오게 된 것이 참으로 다행이라고 생각했습니다. 이때 할아버지가 방문을 열고 들어 왔습니다. 그리고는 늙은 호박을 안고 부엌으로 갑니다.

"할멈, 호박을 가져왔으니 어서 만듭시다. 내일이 순주 생일이잖소?"

"그럼요. 친구들을 불러 생일잔치를 해줘야지요."

순주는 할아버지와 할머니의 손녀입니다. 교통사고로 아빠와 엄마를 잃고 할아버지 할머니와 함께 사는 초등학생입니다.

늙은 호박은 얼른 눈치를 챘습니다. 순주의 생일 떡이 된다는 것을 알았습니다.

'그래! 이 세상에서 제일 맛있는 호박떡이 되는 거야. 더군다나 생일 떡이 되는 것은 좋은 일이지.'

이렇게 생각하며 늙은 호박은 조용히 두 눈을

감았습니다. 할머니가 늙은 호박을 두 조각으로 갈랐습니다.

"영감, 이것 좀 보우. 호박씨가 잘 여물었어요."

"그렇군. 호박씨를 잘 간직했다가 내년에도 밭두렁이랑 울타리에 심읍시다."

할아버지는 호박씨를 뒷마루에 조심스럽게 펴 놓았습니다. 그리고는 할머니와 호박떡을 만들기 시작했습니다. 늙은 호박은 호박떡이 되어가는 동안 자기 몸에서 나는 호박향이 향기롭다는 것을 알았습니다.

대문이 열리는 소리가 나더니 순주가 학교에서 돌아왔습니다.

"할머니 이게 무슨 냄새에요? 야! 떡 냄새다."

"그래 떡이야. 순주가 좋아하는 떡."

할머니가 떡 한 조각을 순주에게 줍니다.

"근데 무슨 떡이에요?"

"호박떡이야."

순주는 뜨거운 호박떡을 후후 불더니 한입에 먹
습니다. 호박떡은 생각했습니다.
'나에게도 할 일이 있었구나.'
순주가 호박떡을 맛있게 먹는 것을 보며 늙은
호박은 기뻤습니다.

내일 친구들이 많이 와서 순주 생일을 축하해
주면 좋겠습니다. 늙은 호박도 그 틈에 끼어서 생
일 축하 노래를 함께 불러 주고 싶었습니다. 내일
을 기다리는 늙은 호박은 무척 행복했습니다.

제3편

다문화가족 비빔밥 축제

다문화가족 비빔밥 축제

오늘은 다문화가족 비빔밥 축제가 있는 날입니다. 현수는 엄마와 함께 덕진공원 행사장으로 갔습니다. 중국에서 온 금자 엄마 얼굴이 보입니다. 베트남에서 온 강수 엄마 얼굴이 보입니다. 필리핀에서 온 윤진이 엄마 얼굴이 보입니다. 일본에서 온 상진이 엄마와 몽골에서 온 순지 엄마가 함께 들어옵니다. 태국에서 온 하근이 엄마, 러시아에서 온 달수 엄마는 벌써 행사장에 도착해 있었습니다.

지사님의 축사가 끝나자 사회자의 안내에 따라 현수와 현수 엄마도 행사장에 마련한 부스 안으로

들어갔습니다. 부스에는 심사위원이 먼저 와 계셨습니다. 하얀 가운을 입고 손에는 채점표를 들고 계셨습니다.

명단을 확인하고 이름표를 받았습니다. 엄마의 이름표에는 15번 캄보디아 '호우르메이' 아들 '한현수'라고 쓰여 있었습니다. 엄마의 이름을 보자 지난 여름방학에 캄보디아에 있는 외가에 갔을 때 음식이 입에 맞지 않아서 고생했던 일이 떠올랐습니다. 임시로 마련된 조리대에는 갖가지 음식 재료들이 오늘의 출전자들을 바라보고 있었습니다.

주재료인 콩나물·황포묵·고추장·쇠고기육회·참기름·달걀과 깨소금·마늘·후추·시금치·고사리·송이버섯·표고버섯·숙주나물·무·애호박·오이·당근·파·쑥갓·상추·부추·호두·은행·밤채·실백·김 등 우리 농산물들이 즐비했습니다.

심사위원이 말했습니다.

"콩나물로 지은 밥에 오색, 오미인 30여 가지의 재료를 넣어 만드는 밥이 비빔밥입니다. 지단, 은행, 잣, 밤, 호두 등과 계절마다 다른 신선한 야채를 넣어 만들기 때문에 우리들의 입맛을 사로잡습니다. 탄수화물, 지방, 단백질. 비타민과 무기질을 골고루 섭취할 수 있는 영양식품이면서 건강식품으로 선조들의 지혜와 우주의 원리가 담겨 있는 세계인이 선호하는 완전식품입니다."

 엄마들이 두 귀를 쫑긋 세우고 들었습니다.

 "그럼 지금부터 엄마와 함께 만드는 '다문화 가족 비빔밥'을 만들어 보겠습니다. 어린이 여러분들도 함께 비빔밥을 만드는 것입니다. 비빔밥은 질 좋은 우리 농산물을 사용해야 비빔밥의 맛을 더해 줍니다. 거기에 정성이 어우러지면 최고의 비빔밥이 됩니다."

 엄마가 불에 달궈진 뚝배기를 가져 왔습니다.

 "엄마, 조심하세요. 잘못하면 델 수 있어요"

 "현수야, 너야말로 조심해. 엄마는 걱정 말고."

현수는 엄마와 함께 비빔밥을 만들기 시작했습니다.

콩나물과 미나리는 각각 데쳐서 참기름과 소금, 마늘, 깨소금으로 무쳐줍니다.

그리고 도라지는 소금물에 조물조물 주물러서 쓴맛을 빼고 물에 헹군 다음 기름에 볶고, 고사리도 끓는 물에 삶아서 볶아줍니다.

쇠고기는 채 썰어 양념장으로 육회로 만들고 표고버섯은 기름에 살짝 볶고, 애호박은 잘게 썰어 소금에 뿌려두었다가 물기를 짠 다음 볶았습니다.

마지막으로 그릇에 밥을 담고 준비된 재료를 색을 맞추어 돌려 얹습니다. 이때 육회를 가운데에 놓고 그 위에 달걀노른자를 얹습니다. 엿 고추장은 종지로 따로 담아내고, 콩나물국과 물김치는 비빔밥과 같이 곁들였습니다.

비빔밥 한 상이 멋지게 차려 졌습니다. 콩나물을 비롯한 각종 농산물이 살아있는 듯 싱싱합니

다. 엄마가 현수 얼굴을 쳐다봅니다. 현수도 엄마에게 엄지손가락을 세워 보입니다.

심사위원들이 둘러보며 채점표에 점수를 매깁니다. 현수와 현수 엄마 앞에 서시더니 비빔밥을 자세히 살펴보십니다. 그리고는 엄마의 이름표를 보십니다. 심사위원 한 분이 엄마에게 질문을 했습니다.

"우리나라에 온지 몇 년 되셨나요?"

"9년 됐어요."

"이제 완전히 한국 사람이 되셨군요. 아주 잘 만드셨어요!"

심사위원이 큰 소리로 말했습니다.

"이제 1차 심사는 끝났습니다. 지금부터는 비빔밥을 비벼 보세요. 엄마와 자녀가 함께 비빈 비빔밥이 얼마나 맛있는지 2차 심사를 시작하겠습니다."

현수와 엄마는 지금까지 만든 비빔밥 재료를 정

성스럽게 비비기 시작했습니다. 콩나물 냄새, 지단, 은행, 잣, 밤, 호두와 신선한 야채 냄새가 군침을 돌게 했습니다.

김이 무럭무럭 올라오는 비빔밥 속에서, 세계 사람들의 행복한 웃음이 함께 피어나고 있었습니다.

제 4편

사과친구

사과친구

점심시간입니다.

"와, 맛있다."

송이는 시금치하고 밥을 맛있게 먹습니다. 그런 송이를 남영이는 이상하게 쳐다보고 있습니다.

"시금치가 맛있어?"

"응, 맛있어."

"이상하다. 그것이 왜 맛있지?"

남영이는 얼굴까지 찌푸리면서 말을 합니다.

"그럼 뭐가 맛있어?"

남영이는 젓가락으로 돼지고기를 집으며 말했습니다.

"나는 고기가 제일 맛있어. 그래서 고기만 먹

어. 채소랑 과일은 정말 싫어."

그리고는 쩝쩝 소리를 내며 맛있게 먹었습니다.

그러던 어느 날 남영이가 결석을 했습니다. 송이는 짝꿍인 남영이가 학교에 안 나오자 걱정이 되어서 안절부절 못했습니다. 이때 선생님께서 교실에 들어오셨습니다.

"남영이가 감기에 걸려서, 오늘 결석한다고 연락이 왔어요."

단짝인 남영이가 많이 아픈가봅니다. 송이는 수업이 끝나고 남영이 집으로 찾아갔습니다. 남영이는 침대에 누워 있었습니다. 송이를 보자 얼굴이 환해졌습니다.

"송이야, 이렇게 와줘서 고마워. 많이 아파서 하루 종일 꼼짝 못하고 누워있었어."

남영이 엄마가 송이를 보시더니,

"네가 송이구나. 그런데 송이는 얼굴이 사과같이 예쁘게 생겼네. 건강하게 보이고…."

하시면서 남영이를 바라보았습니다. 남영이는 핏기 없는 노란 얼굴로 힘없이 누워있었습니다. 남영이 엄마는 한숨을 쉬고는 송이에게 사과를 깎아 주셨습니다. 송이는 사과를 맛있게 먹었습니다. 남영이 엄마가 말씀하셨습니다.

"송이는 먹는 것도 어쩜 이렇게 복스럽고 예쁘게 먹니."

송이가 부끄러워서 얼굴이 빨개지자, 더욱 사과를 닮은 얼굴이 되었습니다. 송이는 혼자 먹기가 미안한 생각이 들었습니다.

"남영아, 같이 먹자."

"아니야, 너 다 먹어. 나는 사과 싫어해. 감기다 나으면 엄마가 햄버거하고 피자 사 주신다고 했어."

드디어 남영이가 감기에 걸린 지 1주일 만에 학교에 나왔습니다. 송이는 짝꿍 없이 혼자 쓸쓸하게 지내다가 뛸 듯이 기뻤습니다.

"한송이, 방금 선생님이 과일에 무슨 영양소가 많이 들어있다고 했어요?"

남영이가 학교에 오니 너무 좋아서, 남영이하고 떠들다가, 선생님한테 딱 걸렸습니다.

"저어, 잘 모르겠는데요."

딴 짓을 한데다, 질문에 대답까지 못하자 얼굴이 빨개져서 더듬거렸습니다. 보건선생님께서 웃으시며, 다시 설명을 해주셨습니다.

"사과를 비롯하여 모든 과일에는, 여러 가지 우리 몸에 좋은 영양소가 많이 들어있어요. 그중에서 '비타민 씨(vitamin C)'라는 영양소는 우리가 병에 걸리지 않고 건강하게 살 수 있게 도와줘요. 그러니까 과일을 많이 먹어야 해요~!"

갑자기 남영이가 손을 번쩍 들고 질문을 했습니다.

"선생님, 제가 좋아하는 햄버거, 피자, 라면도 병을 예방해주나요?"

"좋은 질문을 했어요. 그런 음식을 인스턴트식

품이라고 하는데, 많이 먹으면 건강에 안 좋아요. 몸이 허약해지고 병에 걸릴 수가 있어요. 그런가 하면 비만해 져서 고혈압과 당뇨병 같은 병에도 걸리기 쉬워요. 반찬으로는 채소를 많이 먹고, 간식으로는 과일을 먹는 것이 좋아요."

그때였습니다. 남영이가 책상을 탁 치는 것이었습니다.

"아! 알았다."

"남영아, 왜 그래?"

"선생님, 이제야 알았어요. 제가 그래서 감기에 자주 걸렸었나 봐요. 저는 이제까지 아이스크림, 사탕, 햄버거, 피자, 라면을 많이 먹었어요. 그런데 송이는 인스턴트식품은 적게 먹고 채소와 과일을 많이 먹어서, 감기에 안 걸리고 건강한가 봐요."

"남영이 아주 똑똑하구나. 한 가지를 알려주니까 열 가지를 이해하네."

선생님의 칭찬이 끝나자마자, 똑똑한 상호가 질

문을 하였습니다.

"그런데 선생님, 고혈압하고 당뇨병 같은 병은 어른들만 걸리는 병이 아니에요?"

그러자 선생님께서는 빙그레 웃으시며 말씀을 하셨습니다.

"그래요. 상호가 좋은 질문을 하였어요. 원래는 성인이 된 뒤에 걸린다고 해서 '성인병'이라고 했어요. 그런데 요즘 아이들이 기름기 많은 고기나 인스턴트식품을 많이 먹고 있어요. 그리고 운동까지 부족해서 비만한 어린이들이 많이 늘고 있어요. 그러면서 초등학생들에게도 고혈압과 당뇨병이 발생하고 있어요. 나이가 어린 경우에도 생활 습관을 어떻게 하느냐에 따라서 병이 발생하기 때문이에요. 그래서 요즘은 '성인병'이라고 안하고 다른 말로 불러요. 무엇일까요? "

선생님이 설명을 하다가, 갑자기 질문을 하셨습니다.

아이들이 고개를 갸웃거리며 생각을 하다가 말

을 했습니다.

"선생님, 힌트 좀 주세요."

"다섯글자에요."

아이들이 고개를 갸우뚱하며 생각을 할 때였습니다. 책 읽기를 좋아하는 숙이가 큰 소리로 대답했습니다.

"생활습관병이요~!"

"그래요. 숙이가 참 잘 맞췄어요. 나이와 상관없이 생활 습관에 따라서 발생하는 병이라서 '생활습관병'으로 부르게 된 거예요. 건강한 생활습관을 어려서부터 길러야 어른이 되어서도 건강할 수 있어요. 중요한 것은 실천이에요. 그러니까 앞으로 꼭 실천해서 건강한 어린이들이 되어야 해요!"

"네~!"

선생님 말씀에 아이들이 우렁차게 대답을 했습니다. 교실 창밖 향나무에 앉아있던 까치가 놀라서 푸드득 날아갔습니다.

"엄마, 학교 다녀왔습니다."

"그래 우리 남영이 공부하느라 힘들었지. 엄마가 맛있는 간식 줄까?"

"엄마, 나 이제부터 햄버거, 피자, 라면 안 먹고 채소반찬으로 밥 먹을 거예요. 그리고 앞으로 간식도 과일로 주세요.

"그래? 웬일이야. 해가 서쪽에서 뜨겠네." 하시며 기뻐하셨습니다.

"오늘 학교에서 중요한 것을 배웠단 말이에요. 엄마한테도 알려드릴게요."

남영이는 오늘 보건시간에 배운 내용을 모두 말씀 드렸습니다.

그리고 바로 실천을 하기 시작했습니다. 이제까지 입에 달고 살던 인스턴트식품을 끊고, 눈길도 주지 않던 채소와 과일을 먹기 시작했습니다. 시간이 흐르자, 남영이의 노랗던 얼굴이 화색이 돌면서 점점 예쁜 사과를 닮아갔습니다.

남영이에게는 소원이 한 가지가 있었습니다. 그것은 달리기에서 1등을 해보는 것입니다. 남영이는 이제까지 한 번도 1등은 커녕 3등도 해본 적이 없기 때문입니다.

체육대회 전날이 되었습니다. 일찍 잠이 들었습니다. 남영이에게 예쁜 사과가 다가왔습니다.

"남영아, 내 친구가 되어서 반가워. 이제부터 너는 감기에 걸리지 않고, 달리기에서 1등 할거야. 그리고 얼굴도 예뻐지고 성격도 착해져서, 친구들이 너를 좋아하게 될 거야. 기대해, 내가 약속할게."

사과는 새끼손가락을 걸며 다정하게 말하였습니다.

"우와, 신기하다. 사과가 말을 하네."

"응, 나는 사과 요정이야. 오늘부터 우린 친구야. 네가 건강에 좋은 채소와 과일을 잘 먹어서 친구가 된 거야. 그래서 네 소원을 들어주려고 왔어."

"남영아, 빨리 일어나! 오늘 운동회인데 체육복 입고 빨리 학교 가야지."

잠을 깨우는 엄마 목소리에 눈을 떴습니다. 햇살이 방안 가득 환한 미소를 보내고 있었습니다.

"그래, 오늘이 운동회지? 나한테 사과친구가 1등을 할 거라고 했어. 분명히 1등을 할거야!"

학교를 향해서 달려가는 남영이의 머리 위로 해님이 따스한 미소를 지으며 인사를 했습니다.

드디어 달리기가 시작됐습니다.

"남영아, 힘내! 파이팅!"

그 때였습니다. 엄마의 목소리가 들려왔습니다.

결승선에 1등으로 들어오자, 엄마가 끌어안았습니다.

"1등을 하다니, 우리 딸 최고다!"

"아이, 엄마도…"

상품을 받아든 남영이가 마음속으로 말했습니다.

"사과 친구야, 고마워! 네 덕분이야."

제 5편

은별이

은별이

    잠결이었습니다. 누군가가 부드러운 손길로 몸을 쓰다듬고 있었습니다.

"아이, 잘 잤다."

잠에서 깨어나서 기지개를 켰습니다.

"은별아, 겨울방학 동안 잘 지냈어? 나야, 선영이!"

"아, 선영이구나. 반가워!"

    선영이의 손길로, 겨우내 얼었던 은별이는 마음까지 따뜻해졌습니다. 선영이는 은별이를 한참을 더 쓰다듬다가 교실로 달려갔습니다. 선영이 등에 매달린 가방도 신이 나서 춤을 추듯 흔들렸습니다.

해님이 인사를 했습니다.

"은별아 안녕?"

"아, 해님! 안녕하세요?"

"그동안 잘 잤니? 이제 봄이 되었어."

"봄소식을 알려주셔서 감사합니다."

은별이는 은행나무의 이름입니다.

"은별아, 잘 잤니?"

옆에 있던 꽃순이가 인사를 했습니다. 꽃순이는 감나무입니다. 은별이와 꽃순이는 오랫동안 친구로 지내왔습니다. 아이들이 없는 운동장 한쪽에서 겨울잠을 자고 깨어나는 중입니다.

"그래 꽃순이도 잘 잤어?"

"응. 봄이 와서 참 좋아."

자세히 보니, 새싹들도 하나 둘 기지개를 켜면서 깨어나고 있었습니다.

신학기가 되어 아이들이 학교로 나왔습니다. 점

심시간이 되자, 수업에서 해방된 아이들의 뛰어
노는 소리로 운동장이 가득 찼습니다.

은별이와 꽃순이가 서 있는 옆에는 놀이터가 있
습니다. 모래장 위에 그네와 철봉과 정글짐이 있
습니다.

아이들은 밀물처럼 몰려와서 그네를 타고 철봉
에 매달렸습니다. 몇몇 아이들은 정글짐에 올라
만국기처럼 펄럭였습니다. 그럴 때면 은별이와
꽃순이도 두 팔을 흔들며 만세를 불렀습니다. 하
지만 아이들은 아무도 눈치 채지 못했습니다.

하늘에 둥둥 떠가는 흰 구름이랑 나뭇가지에 앉
아 있는 새도 은별이와 꽃순이가 부르는 만세소리
를 듣지 못했습니다. 놀기에 정신이 팔린 아이들
이 은별이와 꽃순이 품안으로 들어와 이마의 땀을
식히고 갈 뿐이었습니다.

봄이 깊어가고 있습니다. 연초록 잎사귀들이 점
점 진녹색으로 변했습니다. 꽃순이 몸 여기저기

가 근질거리더니 감꽃을 피웠습니다. 노란 감꽃
이 아이들을 불러 모았습니다.

어느 날이었습니다.

"내가 먼저야."

"아니야, 내가 먼저야."

"내가 먼저 왔잖아. 그러니까 내가 먼저 타야지."

"어제 네가 먼저 탔잖아. 그러니까 오늘은 내가
먼저 타야지."

그네를 먼저 타겠다며, 민희와 연지가 다투기
시작했습니다.

"애들아, 왜 그래, 무슨 일이야?"

은수가 다가와서 물었습니다. 자초지중을 듣더
니 제안을 했습니다.

"가위 바위 보를 해서 이긴 사람이 먼저 타는
거 어때?"

민희가 말합니다.

"좋아!"

연지가 맞장구를 칩니다.

"나도 좋아!"

그네에 앉은 민희를 연지가 밀어줍니다. 연지가 앉은 그네를 민지가 밀어 줍니다. 옆에서 이런 모습을 내려다보고 있던 감나무인 꽃순이가 말합니다.

"민희야, 연지야, 화해한 기념으로 선물 줄까?"

"…."

민희와 연지는 꽃순이의 말을 듣지 못합니다. 꽃순이가 감꽃을 떨어뜨려 주었습니다. 감꽃이 '투둑 투두둑~' 소리를 내며 떨어지자 민희가 소리 쳤습니다.

"와~ 감꽃이다."

연지가 말했습니다.

"우리 목걸이 만들자."

민희와 연지가 만든 감꽃 목걸이에서 향기가 번졌습니다. 연지가 민희의 목에 감꽃 목걸이를 걸어 주었습니다. 민희도 연지의 목에 감꽃 목걸이를 걸어 주었습니다. 민희와 연지가 서로 얼굴을

마주보며 웃었습니다.

　여름이 지나고 가을이 왔습니다.
　"은별아, 나 어때?"
　꽃순이의 얼굴이 가을 햇빛에 발그랗게 빛이 났
습니다. 한입 베어 물면 단물이 입안을 적실 것
같았습니다. 은별이가 대답했습니다.
　"빨간 홍시가 참 예뻐!"
　꽃순이는 은별이의 칭찬에 콧노래가 나옵니다.
그런데 은별이가 시무룩한 것을 보니 마음이 편하
지를 않았습니다.
　"은별아, 기분이 안 좋게 보이는데, 왜 그래?"
　"아니, 별일 아니야."
　"무슨 일이지 말해 봐. 우린 친구잖아."
　은별이가 드디어 입을 열었습니다.
　"너는 빨갛고 맛있는 감이 열리는데, 나는 잎은
노랗고 열매는 지독한 냄새가 나잖아."
　"은별아, 아니야. 네 잎은 금색으로 빛나고 은

행 알은 약이 되잖아. 그러니까 힘내.”

그때였습니다.

가을바람이 살랑살랑 불자 교문 옆의 코스모스
들이 코를 움켜쥐며 쑤군댔습니다.

“이게 무슨 냄새야. 너 방귀 뀠지?”

키가 큰 코스모스가 말하자 옆에 있던 키 작은
코스모스가 말했습니다.

“나 아니야. 그런데 누구지? 너무 지독해~ 이
냄새!”

화단에 새침하게 앉아서 유난히 깔끔을 떠는 노
란 국화도 큰소리로 말했습니다.

“이 냄새는 방귀보다 심하잖아. 숨쉬기가 힘
들어.”

은별이는 창피해서 당장 쥐구멍이라도 숨고 싶
었습니다. 그런데 한 발짝도 움직일 수가 없었습
니다. 노란 은행잎만 하나 둘, 떨어뜨리며 고개를
폭 숙일 뿐이었습니다.

은별이의 슬픔은 이것뿐만이 아니었습니다. 그동안 찾아와서 신나게 놀던 아이들이 은별이를 갑자기 멀리하기 시작했습니다. 뿐만 아니라 냄새가 난다고 흉을 보면서 싫다고까지 말하는 것이었습니다. 유치원 아이가 코를 움켜쥐고 물었습니다.

"오빠, 이 나무 무슨 나무야?"

태우가 대답을 했습니다.

"응, 이것? 은행나무야!"

"은행나무?"

"그래, 나무아래 떨어진 열매를 봐. 이게 은행이야."

태우가 발로 은행을 비볐습니다. 껍질 속에서 은행알이 나왔습니다.

"냄새나서 싫어."

"냄새는 나지만 씻으면 깨끗해져. 그리고 맛있고 영양분이 많아. 우리한테 고마운 나무야."

태우는 친절하게 설명을 해 줬습니다. 하지만 아이는 얼굴을 찌푸리면서 더욱 세게 코를 잡고 멀리 도망갔습니다.

　가을이 깊어갑니다. 아무도 찾아오지 않는 은별이에게 놀러오는 아이가 딱 한 명 있었습니다. 선영이입니다. 선영이는 얼굴이 푸석푸석하고 피부까지 노랗습니다. 거기다가 잘 씻지를 않아서 냄새까지 났습니다. 선영이를 바라보는 은별이는 걱정이 이만저만이 아닙니다. 친구들이 선영이를 싫어할 것 같아서입니다. 선영이 모습이 자기랑 너무 닮았기 때문입니다.

　은행나무 아래에서 우두커니 서 있는 선영이를 진서가 불렀습니다. 눈이 큰 진서는 엄마가 베트남에서 오신 다문화 가정입니다. 진서는 성격이 밝고 착해서 친구들한테 인기가 많았습니다.
　"선영아! 이리와 같이 놀자."
　선영이는 대꾸를 하지 않았습니다. 은행나무 아래에서 쪼그리고 앉아 나뭇가지로 그림만 그리고

있었습니다. 은별이가 그림을 내려다봤습니다.
땅바닥에 그린 그림은 엄마의 얼굴이었습니다.

선영이는 엄마가 안 계십니다. 선영이 엄마는
필리핀에서 오셨습니다. 아빠가 술만 드시면 엄
마에게 화를 내고 폭행을 하자, 견디다 못해 집을
나가셨습니다. 선영이는 항상 엄마가 보고 싶었
습니다.

어느 날이었습니다. 옷장 속에서 엄마의 사진을
발견했습니다. 엄마 생각이 날 때마다 사진을 꺼
내서 봤습니다. 엄마가 집을 나간 뒤에도 아빠는
계속 술을 드셨습니다.
어느 날인가 학교에서 돌아오니 아빠가 안 계셨
습니다. 덩그러니 남겨진 쪽지에는 서울로 돈 벌
러 간다는 한 마디가 적혀있었습니다. 그때부터
할머니하고 둘이 살고 있습니다. 선영이는 거의
말을 하지 않았습니다. 아토피 피부염과 천식까

지 않고 있어서 기운이 없는 모습으로 항상 혼자 지냈습니다.

"콜록콜록~ 쌕쌕."

가을바람이 불자 아토피 피부염과 천식 증세가 심해졌습니다. 선영이는 오늘도 은행나무 아래에서 은행잎에 뭔가를 열심히 적고 있습니다. 은행잎에 편지를 써 바람에 날립니다. 또 적습니다. 또 날립니다. 은행잎 편지는 이 세상 어딘가를 향해 날아갑니다.

요즘 며칠 동안 선영이가 학교에 오지 않았습니다. 아이들이 돌아간 텅 빈 운동장에 벌레 먹은 감잎이 바람에 뒹굴었습니다. 그 옆에는 터진 은행 알이 고약한 냄새를 풍기고 있었습니다.

텅빈 운동장에 우두커니 서 있는 은별이와 꽃순이는 선영이가 걱정이 되었습니다.

"선영이가 많이 아픈가봐."

은별이가 말하자, 꽃순이가 대답했습다.

"아무래도 그런 것 같아!"

은별이와 꽃순이는 두 손을 모아 기도하기 시작했습니다.

그 때였습니다. 선영이 할머니께서 검정비닐 봉지 한 개를 들고, 구부정하게 걸어오셨습니다.

"아이고, 은행이 많이 떨어졌네. 이게 기침에 좋다는데, 우리 선영이 먹여야지."

할머니의 혼잣말을 듣던 은별이는 가지를 힘껏 흔들었습니다. 은행알들이 '툭툭' 소리를 내며 떨어졌습니다. 할머니는 은행 알을 비닐 봉투에 가득 주워 담았습니다. 옆에 있던 꽃순이가 은별이처럼 가지를 흔들었습니다. 탐스러운 감이 뚝 떨어졌습니다.

"할머니, 선영이 가져다주세요."

"아이고, 고맙다. 탐스럽기도 하네."

할머니는 꽃순이의 말을 알아들으신 듯이 감을

집었습니다.

　은행잎 하나가 선영이 할머니의 발아래로 굴러
왔습니다. 은행잎을 주워들었습니다. 그리고 더
듬더듬 읽기 시작하셨습니다.
　"엄마, 보고 싶어. 빨리 와요."
　또 한 잎을 주웠습니다.
　"엄마, 나 아파, 빨리 와요."
　또 한 잎을 주웠습니다.
　"엄마, 안 아플게. 빨리 와요."
　노란 은행잎에 꾹꾹 눌러쓴 선영이의 편지는 여
러 장이었습니다. 은행잎 편지를 읽던 할머니의
눈가에 이슬이 맺혔습니다. 그리고 주르르 흘러내
렸습니다. 이 모습을 지켜보던 은별이와 꽃순이도
흐느꼈습니다. 선영이 할머니는 은행잎 편지를 호
주머니에 넣고, 힘없이 걸음을 옮겼습니다. 할머
니의 뒷모습이 붉은 노을로 물들어 갔습니다.

며칠이 지났습니다, 수척한 선영이가 할머니 손을 잡고 학교에 왔습니다. 할머니가 운동장가에 서 있는 은별이를 쓰다듬으며 말씀하셨습니다.

"은행나무야. 고맙다. 우리 선영이가 네 덕분에 기침도 낫고, 기운을 차려서 학교에 나오게 됐어. 참말로 고맙다."

선영이도 반갑게 인사를 했습니다.

"은별아, 잘 있었니? 보고 싶었어."

은별이가 대답했습니다.

"선영아, 반가워."

가을바람예술제를 하느라 운동장이 들썩들썩합니다. 교육장님과 면장님, 그리고 지서장님을 비롯해서 많은 손님들이 오셨습니다. 학교 옆 군부대에서 군인 아저씨들이 와서 한복 저고리와 치마를 입고 코믹 댄스를 했습니다.

학부모와 학생들을 위해서 선생님들의 공연도 이어졌습니다. 교장선생님은 키보드를 연주하시

고, 선생님들은 기타를 치며 노래를 부르셨습니다. 학생들은 밴드 연주, 사물놀이, 댄스, 난타, 음악줄넘기 등 여러 가지 장기자랑을 했습니다.

선영이가 동요를 부르는 순서가 되었습니다. "별이 다글다글한 밤하늘을 보며/별을 셉니다//큰 별은 반짝 반짝/작은 별은 깜박깜박//별 몇 개 붉게 익고/나머지 별은 아직 푸릅니다//잘 익은 별 하나 따서/가슴에 안고/잠이 들면/꿈속에서도 따뜻해지는 별//내 마음의 별나무에는/밤새도록/별이 주렁하고 꿈길은 환합니다."

선영이는 '내 마음의 별나무' 동요를 부르면서 눈물이 나왔습니다. 날마다 별을 안고 잠들면서 엄마 보는 꿈을 꾸고 싶었지만, 엄마는 꿈속에서도 보이지 않았습니다.

그 때였습니다. 눈앞에서 믿을 수 없는 일이 벌어졌습니다. 어디에서 본 듯한 얼굴이 관중석에 보이는 것이었습니다.

'엄마?'

사진에서 봤던 엄마가 눈물을 흘리고 있었던 것입니다.

'아니야, 그럴 리가 없어.'

선영이는 노래를 부르며 고개를 흔들었습니다. 노래를 다 부르고 무대 위에서 내려오는 순간이었습니다.

"선영아!"

엄마는 선영이를 와락 끌어안고 얼굴을 부비며 울었습니다.

'엄마!'

선영이는 꿈에도 그리던 엄마를 만나자 '엄마'를 크게 외쳤습니다. 그러나 입 밖으로 나오지 않은 채 입안에서만 맴돌았습니다. 대신에 가슴이 쿵쿵 뛰면서 눈물만 쏟아졌습니다. 엄마 옆에 아빠도 계셨습니다. 아빠가 말씀하셨습니다.

"선영아, 그 동안 미안했다. 이제 아빠가 술도

끊었어. 앞으로 할머니 모시고 행복하게 살자.”

이 모습을 지켜보던 은별이와 꽃순이는 기뻐서 어쩔 줄 몰라 했습니다. 박수를 치며 환호성을 질렀습니다. 노란 은행잎이 우수수 떨어졌습니다. 할머니가 은별이를 쓰다듬으며 말씀하셨습니다.

“고맙다. 모두 네 덕분이다.”

가을바람예술제 다음날 아침이었습니다. 선영이와 아이들이 은별이에게 몰려왔습니다. 속이 깊고 듬직한 윤수가 말했습니다.

“애들아, 선영이가 건강해진 것은 이 은행나무 덕분이야. 은행나무야, 그동안 냄새난다고 구박해서 정말 미안해.”

다른 아이들도 은별이에게 사과를 했습니다.

“그래, 은행나무야 미안해. 그동안 우리가 놀아주지도 않고 욕하고 흉봐서 상처 많이 받았지? 앞으로는 그러지 않을게.”

그 때였습니다. 웬만해선 말을 잘 하지 않는 선

영이가 말 했습니다.

"이 나무 이름이 은별이야, 내가 지어줬어."

그러자 윤수가 대답했습니다.

"은별이? 이름도 마음처럼 예쁘네. 우리 모두 고마운 은별이에게 박수 쳐주자."

"짝짝짝."

아이들이 힘차게 박수를 쳤습니다. 그러자 선영이가 말을 이어갔습니다.

"오늘 은별이에게 이름 하나를 더 지어주려고 해."

"무슨 이름이야? 궁금하다."

"바로 소원나무야."

"소원나무?"

"응, 소원을 들어주는 나무라는 뜻이야."

"소원을 들어준다고? 우와! 멋있다."

"엄마 오게 해달라고 날마다 은행잎에 편지를 써서 바람 집배원 아저씨한테 보냈거든. 그런데 우리 엄마가 그 편지를 받아보고 집에 오셨어. 이렇게 은별이가 내 소원을 들어주었기 때문에, 이

제부터 소원나무 은별이라고 부를래.”

“그렇구나. 그럼 우리도 빨리 소원을 쓰자.”

아이들이 은행잎을 주워서 소원을 적기 시작했습니다.

‘공부 잘 하게 해주세요.’

‘짝궁이 나를 좋아하게 해주세요.’

‘엄마한테 안 혼나게 해주세요.’

은별이와 꽃순이는 행복한 눈으로 아이들을 바라보았습니다. 노랗던 선영이의 얼굴이 환했습니다.

그 때였습니다. 은별이가 선영이에게 은행잎을 뿌려주며 말했습니다.

“은행 알을 주우러 오신 날, 할머니께서 네 편지를 보셨어. 그리고 아빠한테 보여드린 거야. 아빠는 엄마를 찾아가서 지난날의 용서를 빌고 집에 모시고 온 거야. 이제 엄마가 오셨으니까, 기운내고 건강해져야 해.”

선영이는 은별이의 말을 알아들었나 봅니다. 두

손을 높이 펼쳐들고 떨어지는 은행잎을 온몸으로 안으며 빙글빙글 돌았습니다. 그러자 엄마가 사 주신 선영이의 분홍색 원피스와 은별이의 금빛 은 행잎이 어우러져 나풀나풀 춤을 췄습니다.

제 6편

소녀의 기도

소녀의 기도

  성당에서 피아노 소리가 들려옵니다. 정임이의
두 볼에서 눈물이 주르르 흐릅니다. 들려오는 피
아노 곡이 뭔지도 모릅니다. 그러나 조용하면서
도 은은하게 울리는 선율이 들려 올 때면 정임이
는 까닭 없이 슬퍼집니다. 흐르는 눈물을 주체할
수 없습니다.

  할머니께서 방에 들어오십니다.

"너 또 우는구나!"
"…"
정임이는 얼른 눈물을 닦습니다.

"정임아, 넌 저소리만 들으면 왜 눈물 바람을 하냐? 할미는 알다가도 모르겠다."

"..."

"저 소리가 슬퍼서 그러냐?"

"저도 모르겠어요. 저 피아노 소리만 들으면 눈물이 나요."

"참 이상도 하다."

"할머니 저 피아노는 누가 치나요?"

"피아노? 응, 신부님이 쳐."

"신부님요?"

"그래, 성당에 계시는 신부님. 우리집 이웃에 신부님 집이 있잖아? 거기에서 나는 소리야!"

"우리 집 이웃에 신부님이 사세요?"

"응."

정임이는 앞을 못봅니다. 지금까지 한 번도 밖에 나가 본적이 없습니다. 또래 친구들은 학교에 다닙니다. 하지만 정임이는 늘 방안에서 혼자서 놉니다. 심심하면 라디오를 듣습니다.

정임이는 아침부터 들떠 있습니다. 난생 처음으로 밖에 나가는 날입니다. 이를 구석구석 닦고 세수를 깨끗이 합니다. 할머니께서 옷을 입혀줍니다. 정임이가 웃습니다.

"그렇게 좋으냐?"

"그럼요."

"쯧쯧 이렇게 좋아하는 걸 방구석에 쳐 박아놓다니! 내가 죄 받겠다."

할머니가 한탄을 합니다.

"할머니, 신부님께 뭐라고 인사하지?"

"뭐라고 하고 싶은데?"

"신부님, 안녕?"

"신부님, 처음 뵙겠어요. 첫 인사는 그렇게 해야지."

"할머니 나는 못 보잖아?"

"그렇지, 할미가 그 생각을 못 했네."

정임이는 할머니 팔을 잡고 신부님이 살고 있는 집으로 갔습니다. 초인종을 누르자 기침소리가 나더니 신부님이 대문을 열고 나오십니다.

"어서 오십시오."

"안녕하셨어요? 전화로 말씀드린 사람입니다."

"아! 이 아이가 그 손녀군요."

"네."

정임이가 신부님께 인사를 합니다.

"신부님 처음 뵙겠습니다."

"네, 꼬마아가씨, 나도 처음 뵙겠습니다. 하하 반가워요. 나는 '스테파노'에요."

　신부님이 정임이의 손을 잡고 반깁니다. 신부님의 큰 손이 참 따뜻했습니다. 신부님의 안내로 거실로 들어갔습니다. 거실 벽에는 십자가가 걸려 있습니다. 여러 책들이 서가에 꽂혀 있습니다. 신부님이 쓰시는 책상에는 컴퓨터가 중앙에 자리 잡고 그 옆에는 전화기가 놓여 있습니다. 남쪽 유리창 앞에는 피아노가 있습니다. '신부님이 사용하는 거실은 어떻게 생겼을까?' 상상이 꼬리에 꼬리를 뭅니다. 신부님이 정임에게 하나씩 설명을 합니다.

"여기는 책꽂이가 있고 여기는 내 책상인데 컴퓨터와 전화기가 있지. 벽에는 십자가가 걸려있고 이것은 피아노야."

"신부님 다 보여요."

옆에서 듣고 있던 할머니가 눈을 크게 뜨더니 묻습니다.

"정임아 보여? 진짜!"

정임이가 말합니다.

"마음의 눈을 뜨면 다 보여요. 제게는 영혼의 눈이 있거든요."

할머니와 신부님이 정임이의 얼굴을 바라보며 입을 다물지 못합니다. 신부님이 말합니다.

"그래 정임아. 마음의 눈으로 보면 이 세상 모든 것을 볼 수 있지. 두 눈을 가지고 사는 사람들 중에서도 못보고 그냥 넘어가는 것들이 셀 수 없이 많단다."

"마음먹기 따라서 뭐든지 다 할 수 있다고 생각

해요."

할머니가 정임의 손을 꼭 쥡니다. 지금까지 애
기인 줄만 알았던 정임이가 어른 못지않은 말을
하는 것이 기특하고 놀랍습니다.

신부님이 창가에 있는 피아노 뚜껑을 열고 그
앞에 앉습니다. 의자를 끌어당겨 두 손을 건반 위
에 올려놓더니 피아노를 치기 시작합니다. 정임
이가 두 귀를 세우고 피아노 소리를 듣습니다. 정
임이의 귓바퀴가 움직이기 시작합니다. 피아노
소리를 들을 때면 귓바퀴가 움직인다는 것을 정임
이만 알고 있습니다. 정임이의 두 볼에서 눈물이
흐릅니다. 정임이가 손등으로 눈물을 닦습니다.
피아노 소리는 슬픈 것 같기도 하고 기도 같기도
합니다. 연주를 마친 신부님이 정임이와 할머니
를 돌아다 봅니다.

"신부님, 그 곡 이름이 뭐예요?"

"정임아 아직까지 모르고 있었어?"

"죄송해요."

"죄송하긴, 이 곡 좋아하는 사람도 많지만 제목을 모르는 사람이 의외로 많아. 거기다가 곡을 만든 사람을 알고 있는 사람은 거의 없어."

"그래서 죄송해요."

"곡 이름은 '소녀의 기도'야."

"참, 예쁘네요. '소녀의 기도' 오늘 처음 알았어요."

"폴란드라는 나라가 있어. 자유와 저항과 민주가 연상되는 향기로운 나라지. 그런 나라에서 1834년에 태어난 피아니스트 'T. 바다르체프스카'라는 여자 작곡가의 피아노 소품곡이야. 안타깝게도 27세 나이로 세상을 떠났어. 어렵고 힘겨운 현실 속의 삶을 뒤로한 채 새로운 희망을 찾아 모스크바로 향하려 하는 소녀 '이리나'의 새 세계에 대한 갈망 어린 기도를 진지하고 아름답게 표현한 곡이지."

함께 듣고 있던 할머니가 말합니다.

"듣고 보니 슬프네요. 좀 오래 살았더라면 많은 곡을 썼을 텐데요."

이때였습니다.
"신부님, 피아노 한 번 쳐봐도 돼요?"
"피아노? 응, 되지. 그런데 피아노를 칠 줄 알아?"
더 크게 놀란 분은 할머니였습니다. 정임이는 피아노를 배운 적이 없기 때문입니다.
"한번 쳐보고 싶어요."
신부님이 정임이의 팔을 잡고 피아노 앞에 앉게 해 줍니다. 정임이가 잠시 생각에 잠기는 지 고개를 숙입니다. 숨을 깊이 들이 마시더니 천천히 뱉습니다. 그리고는 건반 위에 손을 가지런히 올려 놓습니다. 마치 공작이 꼬리를 쫙 펴 자신을 자랑하듯이 손가락을 쫙 폅니다. 겨우 한 옥타브 짚을 수 있는 작은 손입니다. 신부님과 할머니의 눈이 정임이의 손에 고정된 채 숨을 죽이고 바라봅니다.

정임이의 손가락이 건반 위에서 곰실곰실 움직이기 시작합니다. 할머니의 눈이 간장 종지보다 더 커졌습니다. 신부님은 놀랐습니다. 눈이 보이지 않는 아이가 그것도 피아노를 배운 적이 없는 아이가 저렇게 연주를 할 수 있다는 사실이 믿기지 않았습니다.

　피아노 소리는 마치 천상에서 울리는 종소리처럼 맑고 은은하게 들렸습니다. 연주가 끝나자 할머니가 정임이를 얼싸안았습니다. 할머니가 정임이 얼굴에 얼굴을 비비자 장대비가 같은 눈물이 쏟아져 내립니다. 곁에서 보고 있던 신부님이 말합니다.

　"정임아 대단하다. 너 같은 아이가 피아노를 친다는 것 정말 대단한 일이다."

　할머니가 말합니다.

　"신부님, 어쩌면 좋아요. 정임이가 피아노를 칠 줄 안다는 것이 좋은 일인가요?"

　"할머니, 정임이가 피아노를 칠 수 있는 것은

다 하나님의 뜻입니다. 배운 일도 없고 누가 가르
쳐 준 일도 없는데 저렇게 피아노를 칠 수 있다는
것은 우리의 힘으로 된 것이 아닙니다."

"그럼 앞으로 어찌해야 헌데요."

"자. 우리 기도 합시다."

정임이와 할머니와 신부님은 두 손을 모으고
감사 기도를 합니다.

기도가 끝나자 과일과 음료수를 내왔습니다. 신
부님이 포크로 과일을 찍어 정임이 손에 쥐어줍니
다. 할머니가 음료수를 따라 신부님께 드립니다.
신부님이 묻습니다.

"정임아 너는 어떻게 피아노를 칠 수 있니?"

"저도 모르겠어요. 가끔 신부님이 치는 피아노
소리를 듣고 저도 모르게 손가락이 움직였어요.
방금 친 '소녀의 기도'도 마찬가지예요. 그냥 손이
가는대로 움직였을 뿐이에요."

"그렇구나! 네 손은 하나님이 주신 손이구나."

할머니가 말합니다.

"이 애는 일찍 부모를 잃고 교통사고 후유증으로 그만 앞도 못 보게 되었어요. 우리 집 형편에 학교를 보낼 수가 없었어요."

"그렇군요."

할머니가 눈물을 훔칩니다. 옆에서 듣고 있던 정임이가 말합니다.

"할머니 걱정하지 마세요. 저는 불행하다고 생각 안 해요. 불행하다고 생각하면 불행하겠지만 저는 결코 불행하지 않아요. 할머니가 계시고 내가 좋아하는 피아노 소리를 들을 수 있잖아요?"

이때 신부님이 조용히 말합니다.

"정임아, 너만 좋다면 당장 내일부터 피아노를 가르쳐 주마."

"네? 피아노를요?"

"그래!"

할머니는 신부님께 고맙다는 말을 수없이 합니다.

다음날부터 정임이는 할머니의 손을 잡고 신부님의 집으로 피아노를 배우러 갔습니다. 신부님이 정임이의 손을 잡고 운지법을 가르쳐 줍니다. 신부님이 치는 피아노 소리를 듣고 정임이는 따라서 칩니다. 한번도 실수하지 않습니다.

기초인 바이엘 교본 상·중·하권을 채 한 달도 되지 않고 마쳤습니다. 바이엘 교본은 처음 피아노를 대하는 초보자가 피아노 연주를 어떻게 시작했으면 좋을지 기본적인 것에서 부터 순서와 계통을 따라 조직적인 연습을 할 수 있도록 짜여 있습니다. 또한 연습 과정을 손가락 운동으로 시작하는 논리적인 구성입니다. 손가락 테크닉을 기르기 위해서 '어린이 하논'을 바이엘 교본과 같이 배워갔습니다.

바이엘 교본이 끝나자 신부님은 정임이에게 체르니를 가르쳤습니다.

체르니는 오스트리아의 음악가로 베토벤의 제

자입니다. 체르니가 남긴 연습곡은 리스트나 모
차르트 같은 음악 천재인 제자들을 위한 개별 연
습곡이 주를 이루어 난이도가 있습니다.

체르니 100은 1번부터 100번까지 총 100곡
입니다. 체르니 30번은 1번부터 30번까지 총
30곡입니다. 40, 50도 마찬가지 형태입니다.
체르니 100부터 체르니 50까지의 연습곡의 수를
합치면 총 220곡이 됩니다. 난이도는 체르니
100과 체르니30이 동일하고 똑같이 어렵습니
다. 이런 체르니도 금방 끝냈습니다.

신부님은 정임이가 절대음감을 가지고 있다는
것을 알았습니다. 절대 음감은 어떤 음을 듣고 다
른 음과 비교하지 않아도 고유의 음높이를 곧바로
판별할 수 있는 능력입니다. 정임이는 귀로 들은
곡을 악보 없이도 정확하게 연주합니다. 뿐만 아
니라 연주 도중 곡을 놓치더라도 도중에 음높이를
정확히 잡아냅니다. 음악적 천재성을 타고 났습

니다. 체르니 50이 끝나는 날이었습니다. 신부님은 소파에서 기다리는 할머니에게 말합니다.

"정임이는 이제 베토벤이나 쇼팽의 작품들을 배워야 합니다."

"…."

"할머니, 저는 더 이상 정임이를 가르칠 수 없습니다. 저는 피아노를 전공한 사람이 아닙니다. 좀 더 전문적으로 배워보는 것이 좋겠습니다."

"네? 그럼 정임이는 어떻게 되는 것이지요?"

"유학을 시키는 것이 좋겠습니다."

"유학요?"

"미국으로 보냅시다. 거기 가서 음악공부를 하면 틀림없이 유명한 피아니스트가 될 겁니다."

"미국은 먼 나라잖아요? 돈이 많이 들 텐데요!"

"그것은 걱정하지 마세요. 친한 친구가 미국 줄리어드 음대 교수로 있습니다. 가서 사사를 받을 수 있도록 부탁을 해 놨습니다. 정임이에 대해서 자세히 소개도 해 놨습니다. 숙식까지 도움을 주겠다는 약속도 받았습니다. 사전 심사를 위한 오디션용 카세트테이프를 이미 제출해서 긍정적인 답변을 받았습니다. 이제 할머니가 결정할 차례입니다."

신부님은 말을 계속합니다.
"줄리아드 음대는 미국 뉴욕 맨해튼 링컨 공연센터에 있는 세계적 공연예술학교입니다. 1905년 뉴욕 공립학교의 음악 교육 담당자인 프랭크 댐로쉬씨에 의해 음악예술연구원 이라는 이름으로 설립되었습니다. 줄리아드에는 음악학과, 무용학과와 드라마학과, 재즈학연구소, 그리고 대학진학 예비학교와 대학원 과정 등으로 이뤄져 있어 각 국의 젊은이들이 공부하고 싶어 하는 곳입니다. 줄리아드 명문 음대가 운영하는 대학 전 예비학교는 프리컬리지라고 부르지요. 보통 우리나라 중·고등학생 정도입니다. 그 중에는 나이 어린 신동들도 있습니다. 정임이는 먼저 예비학교에서 실력을 키우도록 해야 합니다. 그런 후 줄리아드 음대에 들어가 세계적인 피아니스트가 되어야 합니다. 정임이는 틀림없이 훌륭한 사람이 될 것입니다."

할머니는 신부님의 이야기을 듣고 줄리아드 음대가 세계적으로 유명하다는 것을 어렴풋이 깨달았습니다.
"신부님, 신부님께서 정임이를 그토록 생각하고 아껴주셔서 몸 둘 바를 모르겠습니다. 지금은 엄두가 나지 않으니 집에 가서 깊이 생각해 보겠습니다."
"그래요. 잘 생각해 보세요. 정임이를 보내는 것이 정임이를 위한 것입니다. 정임이를 데리고 있는 것만이 정임이가 앞으로 살아가는 데 도움이 되는 것은 아니니까요."
옆에서 신부님과 할머니의 이야기를 듣고 있는 정임이는 자꾸만 눈을 깜박거립니다.

집에 돌아온 할머니는 걱정이 태산 같습니다. 신부님이 정임이를 위해서 미국으로 유학을 보내 주겠다는 말은 참으로 고마운 일이라고 생각합니다. 그러나 정임이가 산 설고 물 설은 타국 땅에서 어떻게 살아갈 것인지 막막하기만 했습니다. 더군다나 앞을 못 보는 정임이에게는 옆에서 도와 줄 사람이 필요합니다. 할머니가 정임이에게 묻습니다.

"정임아, 네 생각은 어떠냐?"

"할머니, 저 없어도 살 수 있지요?"

"그럼, 이미 가기로 작정했다는 것이여?"

"네, 가고 싶어요. 꼭 가서 피아노를 제대로 배우고 싶어요."

"매정한 것 같으니. 이 할미를 떼어놓고 가겠다고?"

"하늘이 준 기회를 놓치고 싶지 않아요. 할머니, 조금만 참아 주세요. 피아노 공부 끝내고 바로 돌아올게요. 돌아오면 할머니께 효도할게요."

할머니가 정임이를 끌어안습니다. 정임이가 할머니 품에 고개를 묻습니다.

"아이고 내 새끼. 그래! 효도 안 해도 좋으니까. 넓은 세상으로 나가 훨훨 날아라. 너는 그렇게 살아야 해. 네 애비 에미가 살았더라면 얼마나 좋아할까?"

할머니가 눈물을 흘립니다. 정임이 눈에서도 눈물이 흐릅니다.

세월이 물처럼 흘러 정임이가 미국에서 돌아오는 날입니다. 며칠 전부터 할머니는 밤잠을 설쳤습니다. 손꼽아 세어보니 정임이의 나이가 27살입니다. 유명한 피아니스트와 대학 교수가 되어서 돌아오는 정임이가 기특합니다. 자꾸만 대문으로 눈이 갑니다. 기다리는 시간이 얼마나 지루한지 '일각이 여삼추'입니다.

이때였습니다. 대문에서 자동차 경적이 울립니다. 정임이가 왔다는 것을 금방 알아차렸습니다.

할머니는 한걸음에 대문 앞으로 달려갔습니다. 정임이가 택시에서 내립니다, 할머니는 소리쳤습니다.

"정임아!"

"할머니!"

할머니와 정임이는 얼싸안았습니다. 서로의 얼굴을 비볐습니다. 얼굴과 얼굴 사이에 눈물이 흐릅니다. 눈물은 그칠 줄을 모릅니다. 바라보는 택시 운전사의 눈이 붉습니다.

"할머니, 아가씨, 안녕히 계세요"

택시운전사가 인사말을 남기고 차를 몰고 갑니다. 그때서야 할머니와 정임이는 서로의 얼굴을 바라봅니다.

"정임아, 그동안 고생이 많았지?"

"아니에요. 할머니 제가 없어 얼마나 쓸쓸하셨어요?"

"쓸쓸하다니? 늘 네 생각을 하면서 살았어. 늘, 네가 할미 옆에 있는 것 같았지. 할미가 지금까지

잘 버텨온 것은 네가 있었기 때문이야."

"저도 늘 할머니를 생각하면서 공부했어요."

"그래. 고맙다. 어서 들어가자."

"할머니 많이 늙으셨네요."

"그럼, 네가 어엿한 처녀가 됐는데."

할머니가 정임이 팔을 껴안았습니다.

"할머니, 이제는 할머니의 손을 잡지 않아도 저 혼자 어디든지 갈 수 있어요."

정임이는 할머니에게 하얀 지팡이를 내 보였습니다.

"할머니 이것이 제 눈이에요."

"그 지팡이가 눈이라고?"

할머니는 이해할 수가 없었습니다.

흰 지팡이는 시각장애인이 길을 찾고 활동하는 데 적합한 도구입니다. 흰 지팡이는 검은 색안경과 함께 시각장애인의 상징물로 여겨질 만큼 시각장애인에게 있어 매우 중요한 것입니다. 길을 갈

때 정상인처럼 갈 수 있도록 도와주는 보행 보조 기구입니다. 시각장애인의 자립과 성취를 나타내는 세계적으로 공인된 상징물입니다. 뿐만 아니라 흰 지팡이는 장애물의 위치와 지형의 변화를 알려주는 도구로 예상치 않은 상황에서도 시각장애인이 신속하게 적응할 수 있도록 정보를 제공해 줍니다.

1980년 세계맹인연합회가 매년 10월 15일을 '흰 지팡이 날'로 공식 제정하여 각국에 선포했습니다. 이는 시각장애인들의 권리를 보호하고 사회적인 관심과 배려를 이끌어 내자는 취지입니다. 우리나라 도로교통법에는 흰 지팡이에 대한 규정을 '모든 차의 운전자는 앞을 보지 못하는 사람이 흰 지팡이를 가지고 걷고 있을 때는 일시 정지하거나 서행한다.'로 되어있습니다.

흰 지팡이의 소재는 보통 '두랄루민'입니다. 두

랄루민은 가벼우면서도 튼튼한 첨단 소재입니다. 두랄루민으로 되어 있는 흰 지팡이 몸체가 여러 단으로 나누어져 있고 지팡이 속에는 약 20여 겹으로 섬유와 함께 짠 고무줄이 연결되어 있어 접고 펼 수 있게 되어 있습니다. 지팡이 위쪽에는 손잡이가 있고 손잡이 위쪽으로 줄과 고리가 있습니다. 사용 후 접어 이 고리에 끼우면 휴대와 보관이 간편합니다. 지팡이 몸체 가운데 부분 표면에는 야광 스티커가 부착되어 있습니다. 이것은 안전을 고려한 장치로 밤에도 눈에 잘 띕니다. 과거에는 시각장애인용 지팡이를 나무나 주변에서 구하기 쉬운 소재로 만들어 사용하기도 했습니다. 흰 지팡이의 종류도 다양합니다. 4단 접이식부터 7단 접이식까지 있습니다.

정임이가 어렸을 적에는 할머니의 팔이 지팡이 노릇을 했습니다. 이제는 혼자서 흰 지팡이를 짚고 두려움 없이 목적지까지 무난히 갈 수 있습니다. 그렇게 되기까지의 노력과 성공은 값진 것입니다. 흰 지팡이를 짚고 앞서가는 정임이는 참으로 예뻤습니다. 뒤를 따라가는 할머니의 마음은 흐뭇 했습니다.

방안으로 들어서자 할머니가 말합니다.
"정임아 신부님께 인사드리러 가야지?"
"네, 정말 기뻐요."
"정임아 그런데 말이야!"
"… ."
"이걸 어쩌냐?"
"왜요?"
할머니가 뜸을 들입니다.
"신부님이 다른 데로 옮겨가셨어요?"
"옮겨 가신게 아니고…"
"그럼요?"
할머니가 한숨을 쉽니다.
"신부님은 돌아가셨어!"

"돌아가셨다구요? 언제요. 왜요?"

"얼마 안 됐어. 네 공부에 방해 된다고 비밀로 하라고 하셨다."

신부님이 돌아가셨다는 말에 정임이는 눈물이 쏟아졌습니다. 누구보다도 아껴주고 챙겨주신 신부님, 오늘의 정임이가 있기까지 큰 도움을 주신 신부님이 이 세상에 계시지 않는다고 생각하니 갑자기 세상이 무너지는 생각이 들었습니다. 신부님은 정임이에게는 스승이자 부모님 같은 분이었기 때문입니다.

아침 일찍 천주교 공원묘지로 갔습니다. 할머니와 정임이는 신부님 묘 앞에 나란히 섰습니다.

"신부님, 신부님의 딸 '미카엘라'가 왔습니다. 반겨주소서!"

성호를 그으면서 정임이는 생각에 잠겼습니다. 할머니의 팔을 잡고 처음 신부님의 집을 찾아가 초인종을 눌렀을 때 웃으며 대문을 열어주던 신부

님 모습이 떠올랐습니다.

정임이가 손가방에서 회중시계를 꺼냅니다. 회중시계는 미국 유학길에 오르던 날 신부님이 선물로 주신 것 입니다.

"정임아 이 시계를 너에게 준다. 어렵고 힘들 때 시계를 열어봐라. 초침 돌아가는 소리가 들릴 것이다. 그 소리는 어렵고 힘든 것은 잠시라는 하나님의 말씀이다."

손에 쥐어주며 하시던 신부님의 목소리가 들렸습니다.

회중시계 뚜껑을 열자, 십오 년의 세월이 한 순간에 건너왔습니다. 정임이가 노래를 합니다. 정임이가 부르는 노래는 신부님을 처음 만났을 때 신부님의 피아노로 쳤던 '소녀의 기도'였습니다. 피아노가 아닌 허밍으로 부르는 '소녀의 기도'가 스테파노 신부님 묘를 천천히 아주 포근하게 감싸고 있었습니다.

모래성

초판 인쇄 : 2014년 12월 05일
초판 발행 : 2014년 12월 15일
재판 발행 : 2015년 05월 05일
저　　자 : 하송
펴 낸 이 : 연규석
펴 낸 데 : 도서출판 고글
　　　　　서울특별시 용산구 한강로2가 144-2
등 록 일 : 1990년 11월 7일(제302-000049호)
전　　화 : (02)794-4490

값 13,000원

· 이 책은 전라북도 문예진흥기금을 지원 받아서 제작하였습니다.